MON DERNIER CHEVEU NOIR

Avec quelques conseils aux anciens jeunes

Auteur de nombreux livres à succès dont *Il a jamais tué personne, mon papa* et *Grammaire française et impertinente*, Jean-Louis Fournier vient de fêter ses soixante ans.

Paru dans Le Livre de Poche :

ARITHMÉTIQUE APPLIQUÉE ET IMPERTINENTE

GRAMMAIRE FRANÇAISE ET IMPERTINENTE

IL A JAMAIS TUÉ PERSONNE, MON PAPA

JE VAIS T'APPRENDRE LA POLITESSE…

J'IRAI PAS EN ENFER

LES MOTS DES RICHES, LES MOTS DES PAUVRES

MOUCHONS NOS MORVEUX

LA PEINTURE À L'HUILE ET AU VINAIGRE

LE PENSE-BÊTES DE SAINT FRANÇOIS D'ASSISE

LE PETIT MEAULNES

ROULEZ JEUNESSE

SCIENCES NATURELLES ET IMPERTINENTES

JEAN-LOUIS FOURNIER

Mon dernier cheveu noir

Avec quelques conseils aux anciens jeunes

ÉDITIONS ANNE CARRIÈRE

© Éditions Anne Carrière, Paris, 2006.

ISBN : 978-2-253-11841-1 – 1re publication LGF

Mon arrière-grand-père est mort, mon grand-père est mort, mon père est mort... Je crains que ce soit héréditaire.

Grammaire française et impertinente

De Radiguet, écrivain mort à vingt ans, Cocteau a dit :

« La première fois que je l'ai vu, j'ai compris qu'il nous était prêté et qu'il allait falloir le rendre. »

De moi, on pourra dire :

« La première fois qu'on l'a vu, on a tout de suite compris qu'on ne pourrait pas le rendre et qu'il allait falloir se le garder un bon moment. »

Jean-Louis FOURNIER.

J'ai dû m'y reprendre à plusieurs fois pour éteindre les soixante bougies. Tout le monde rit dans mon dos. Je pense qu'ils se foutent de ma gueule. Je n'arrive pas à croire que j'ai soixante ans. Pourtant, j'ai eu soixante années pour m'y préparer.

J'aime de moins en moins les anniversaires, surtout le mien. Je n'ai pas besoin de cadeau, j'ai tout et je n'arrive pas à dire « Quelle bonne idée ! » à celui qui a eu une mauvaise idée. Mon tiroir déborde de cravates que je ne mettrai jamais. J'aimerais que tout le monde parte, j'ai envie d'aller me coucher. Je n'aime pas les gâteaux, le champagne est tiède et j'ai peur des compliments. J'imagine le pire : la petite fille endimanchée qui va venir me chanter : « Voulez-vous danser grand-père, tout comme au bon vieux temps, quand vous aviez vingt ans, sur un air qui vous rappelle combien la vie était belle… » La vie était belle, les bons souvenirs remontent à la surface, ils sont plus légers. Les mauvais, plus lourds, restent au fond.

Je sais que je vieillis, ce n'est pas nécessaire de me le rappeler chaque année.

Y a pas de quoi faire la fête.

Ou alors une fête sinistre sans champagne ni gâteau, avec *Adagio* d'Albinoni, tout le monde en noir et condoléances : « J'ai appris que vous aviez un an de plus, je voulais vous dire que je suis de tout cœur avec vous. »

« Moins on a de souffle
plus on a de bougies à souffler »
soupire le centenaire

Je regarde une vieille photo.

J'étais pas mal, avant. J'avais une tête de voleur de poules, avec plein de cheveux noirs. Un jour que je m'ennuyais, j'ai voulu les compter, mais il y en avait trop. Aujourd'hui, il n'en reste qu'un. Mon dernier cheveu noir.

Pourquoi, chaque année, je me trouve de moins en moins bien en photo ? Je devrais peut-être changer de photographe, en prendre un plus jeune ?

Pourquoi, chaque matin, je me trouve de moins en moins bien dans le miroir ?

C'est une vieille glace, il faudrait peut-être en acheter une neuve…

Les rides s'allongent, les taches de rouille grandissent, la peau ramollit, elle est pleine de plis, elle pend, je vais me prendre les pieds dedans. Je commence à ressembler à un vieil éléphant. Bientôt, je vais faire peur aux enfants.

Je me trouve moche.

Peut-être parce que c'est l'hiver ?

Si vous passez l'hiver, vous verrez : l'été, c'est pareil.

Vous savez comment
on s'aperçoit qu'on est vieux ?
Quand, même bronzé,
on reste moche.

Vous saviez que Jeanne d'Arc est morte à dix-neuf ans, Alexandre le Grand à trente-trois ans, Vercingétorix à vingt-six ans, Jésus-Christ à trente-trois ans, Mozart à trente-cinq ans, Van Gogh et Rimbaud à trente-sept ans… ?

Ce sont les meilleurs qui partent les premiers.

Vous n'avez pas honte d'être encore là ?

À quoi reconnaît-on un ancien jeune ?

D'abord et avant tout, à ce qu'il est encore là.

L'ancien jeune est gris et pas seulement la nuit.

Il est chargé, il a des valises au bout des bras et sous les yeux.

Il est sur le départ et sur le quai, prêt à embarquer. Il prend le bateau qui fait la liaison entre la jeunesse et la vieillesse.

Il n'est plus jeune, il n'est pas encore vieux.

Il a moins d'illusions. Il parle moins, il n'en pense pas moins.

Il rit encore, et pourtant il n'y a pas de quoi rire.

La mer est agitée, la traversée va être périlleuse.

Mettez des gilets de sauvetage et restez près des canots. Ne comptez pas trop sur l'équipage, il attend l'héritage.

Les pommes jeunes sont dures et acides, elles agacent les dents. Les vieilles pommes toutes ridées sont plus douces. Elles ont passé l'hiver dans la pénombre du grenier, elles sont parfumées, tendres et délicieuses.

J'en croque une devant ma glace, je la déguste en regardant ma poire.

Est-ce que moi, qui commence à devenir une vieille pomme, je suis devenu délicieux ?

Je suis moins dur à cuire.

Ou plus mou ?

Je suis moins acide, moins agaçant, peut-être plus tolérant.

Ou plus indifférent ?

Je commence à prendre mes distances, je prends du recul, je regarde tout de plus loin.

Surtout les nouvelles du monde dans le journal. Je suis bien obligé, avec mes vieux yeux de presbyte.

Peut-être que je suis en train de pourrir.

J'ai peur d'avoir des pépins.

**Vous savez comment
on s'aperçoit qu'on vieillit ?
Quand on dit :
« Les journaux sont imprimés
de plus en plus petit... »**

Ma première paire de lunettes, c'était pour voir près.

Ma deuxième paire de lunettes, c'est pour voir loin.

Quand on a deux paires de lunettes, on a deux fois plus de chances de les perdre. C'est difficile de chercher des lunettes sans lunettes. On ne sait pas si on les a perdues loin ou près.

Pour retrouver vos lunettes, il faut une troisième paire.

La troisième paire de lunettes, c'est pour voir près et loin en même temps.

Depuis que j'ai mes nouvelles lunettes avec verres progressifs, je vois tout net.

J'ai pu apercevoir sur le toit de ma maison des tuiles cassées. J'ai pu lire, écrit en tout petit dans mon contrat d'assurance multirisque habitation, que la toiture était exclue de la garantie. J'ai réussi à voir de minuscules points de rouille sur ma voiture. J'ai remarqué des nouveaux poils blancs sur le nez de mon chat, une fissure dans le mur. J'ai découvert une petite ride nouvelle sur le visage de ma femme.

Je me suis regardé dans la glace. Je suis affreusement net.

Je me préférais en flou.

Vous avez attrapé le parkinson, la danse de Saint-Guy ou la tremblote du mouton.

Tout le monde vous regarde. Certains pensent même que vous le faites exprès, pour vous rendre intéressant ou pour faire rire.

Vous voulez être tranquille, vous voulez passer inaperçu ?

Allez en boîte, mêlez-vous aux danseurs de hip-hop.

**En vieux français
hip-hop se dit parkinson.**

La nouvelle est tombée brutalement, comme une tuile. J'en suis encore sonné. Il y a des matins où c'est encore plus dur de vieillir.

On nous l'a appris à la radio, sans ménagement.

Désormais, à partir de soixante ans, vous n'avez plus le droit de conduire un autobus.

Je pense à tous ceux qui, dans l'autobus, s'asseyaient juste derrière le chauffeur pour le voir conduire et qui rêvaient, un jour, d'être à sa place.

Plus grands, ils ont été pharmaciens, notaires, médecins, P.-D.G., ministres… Jamais ils n'ont eu l'occasion de conduire un autobus.

Ils pensaient se rattraper sur le tard.

Ils doivent être bien déçus, aujourd'hui. La longue liste de leurs regrets va encore s'allonger.

Et il y a pire.

Je pense à l'ancien jeune qui vient de s'acheter un autobus neuf, à crédit.

J'ai atteint la limite d'âge, et peut-être mes propres limites.

J'ai quelques regrets.

Il y a beaucoup de choses que j'aurais aimé faire et que je ne ferai jamais.

Je ne dirigerai jamais l'orchestre philharmonique de Vienne.

Je ne serai jamais roi de Suède.

Je ne serai jamais dompteur de tigres.

Je ne piloterai jamais le Concorde.

Je ne ferai jamais l'Olympia (même en première partie).

Je ne serai jamais champion olympique.

Je ne traverserai jamais l'Atlantique à la rame.

Je ne serai jamais président des États-Unis.

Je ne marcherai jamais sur la Lune.

Je n'entrerai jamais à l'Académie française.

Je ne gagnerai jamais le tournoi de Roland-Garros.

Je ne serai jamais le mari de Julia Roberts.

Je ne ferai jamais l'ascension de l'Everest.

Je n'enregistrerai jamais toutes les sonates de Scarlatti (cinq cent cinquante-cinq).

Je ne serai jamais pape.
Je ne peindrai jamais la *Joconde*.
Je ne ferai jamais le double saut périlleux.
Je ne danserai jamais *Le Lac des cygnes* au Bolchoï...

Finalement, je m'en fous.

Il n'a pas l'air content. Il examine mon carnet, il a pris un air sévère. Je n'ose pas le regarder. Je baisse les yeux, honteux. Je n'ai pas fait mes révisions, il va certainement me gronder.

Il a dit : « Montez sur le pont, on va regarder. »

Jusqu'à ce jour, je n'ai pas respecté les consignes de mon carnet d'entretien, je suis sûr qu'il va le voir.

J'ai du mal à démarrer le matin, surtout l'hiver. Je grince, ça tourne moins rond. Je consomme de l'huile, je crache de la fumée noire, je tousse, j'étouffe, je cale, j'ai du jeu dans mes rotules.

Je suis mal chaussé. Ma pression est basse, je peine dans les côtes, j'ai moins de reprise, je suis dur à conduire, je tire à droite, avant je tirais plutôt à gauche.

Il a dit : « Y a du boulot. »

Je lui ai demandé si c'était réparable.

Il a répondu : « Je peux rien dire, faut que je démonte. »

Je ne voulais pas qu'il me démonte. J'ai dit que j'étais pressé, que je reviendrais.

Jusqu'à cinquante ans, je me pensais inusable, inoxydable. Je ne suis que biodégradable.

IMPORTANT

**Vous avez plus de 65 ans ?
Pensez dès maintenant
à vous faire vacciner contre la mort.**

J'ai retrouvé la photo du petit morveux que j'étais, il y a cinquante ans. Je le regarde, il me regarde aussi. Dans ses yeux, il y a de l'arrogance.

Peut-être qu'il ne se reconnaît pas, qu'il me prend pour un étranger. Ou alors, pire, il a honte.

Tu as honte de moi ? Regarde-moi bien, p'tit con, tu sais pourquoi je suis dans cet état-là ?

Tu vois mes dents foutues ? C'est à cause de tous les bonbons que t'as bouffés, en plus tu ne te lavais pas les dents le soir.

Tu vois mes petites cannes de serin ? C'est à cause de toi, tu séchais les cours de gym, et, au lieu de faire du vélo, tu faisais de la Mobylette.

Tu vois mon nez rouge ? C'est à cause des cuites que t'as prises tous les vendredis soir depuis que tu as quinze ans.

Si je tousse, si j'ai les doigts jaunes, c'est à cause de toutes les cigarettes que t'as fumées, en douce dans les chiottes.

Ne réponds pas : « T'avais qu'à pas continuer », je te fous ma main sur la figure.

Si j'ai une petite retraite de merde, c'est à cause

de toi. T'as rien foutu en classe, t'as loupé tes exa-
mens.

À cause de toi, j'aurai jamais mon bac. Même à
titre posthume.

Consultez votre médecin
avec modération.
Sachez qu'à force de chercher
il va bien finir par
vous trouver quelque chose.

Interdits le saucisson, le foie gras, les frites, la mayonnaise, le confit de canard, le pain, le beurre, le fromage, le vin, le café. Réduire le sucre, ne pas en mettre sur les fruits, ça tue le goût.

Le médecin a ajouté :

« Il ne faut pas sucrer les fraises. »

Il a ri. Moi pas.

« Le soir, mangez légèrement. »

Il n'a pas osé dire : « Une petite soupe et au lit », je suis sûr qu'il l'a pensé.

« En plus, ce serait bien de vous arrêter de fumer.

— Qu'est-ce qui va me rester ? »

Il n'a pas répondu tout de suite.

« Est-ce que, au moins, je vais augmenter ma durée de vie ? »

Il a eu l'air embarrassé. Il a simplement dit :

« Je ne peux pas vous le garantir…

— Alors, où est l'intérêt ?

— Vous ne vivrez peut-être pas plus longtemps, mais, vous verrez, il y a une surprise.

— Quelle surprise ?

— Ça vous paraîtra beaucoup plus long. »

Il y a cinquante ans, la durée moyenne de vie était de soixante-dix ans.

La durée moyenne d'un film était de quatre-vingt-dix minutes.

Aujourd'hui, la durée moyenne de vie est de quatre-vingt-dix ans.

La durée moyenne d'un film de cent vingt minutes.

C'est mieux ?

Ça dépend du film.

Pourquoi on ne me demande plus jamais mon curriculum vitæ ?

Et on le demande toujours à ceux qui n'ont encore rien fait ?

Le curriculum vitæ de celui qui débute, c'est comme la page « Du même auteur » d'un premier livre : une page blanche. On passe sa vie à essayer de la remplir.

Au début de ma carrière dans le cinéma, j'étais coursier. Je passais mes journées à transporter des bobines de films. J'ai eu d'abord une camionnette 2 CV Citroën ; après pas mal d'accidents, on me l'a retirée. J'ai continué à vélo. On m'a volé le vélo, j'ai fini à pied.

Coursier, sur un curriculum vitæ, ça la fout mal. J'ai mis « assistant réalisateur ».

C'est difficile d'être « assistant réalisateur », il faut une bonne mémoire. Le sandwich au jambon pour le directeur de la photo, c'est avec ou sans beurre ? avec ou sans cornichons ?

Maintenant que mon curriculum est plein, il ne sert plus à rien.

Parfois j'ai envie de le jeter…

Mais je le garde.

Il servira pour ma nécro.

**Vous savez comment on appelle
le curriculum vitæ d'un vieux ?
Des archives.**

On n'est plus obligé d'être poli quand on est vieux.

Quand on est jeune, on est bien obligé de l'être. Pour décrocher une place, signer un contrat, il faut plaire à tout prix, toujours être d'accord.

Acquiescer même aux bêtises qu'on entend, c'est dur. Comme disaient les frères Goncourt : « Ça courbature à l'intérieur. »

Maintenant, vous n'avez plus besoin de cirer les pompes et d'être toujours d'accord, vous n'attendez plus de promotion, ni d'augmentation.

Vous pouvez aussi vous offrir le luxe de dire non à celui qui vous propose un travail, et dire pourquoi : sa tête ne vous revient pas.

Répondre au jeune qui demande si vous avez déjà fait quelque chose : « Et toi, p'tit con ? »

Vous n'êtes plus obligé de céder votre place assise. Vous n'êtes plus obligé d'écouter. Vous pouvez faire croire que vous êtes sourd. Vous n'êtes plus obligé de mâcher vos mots, vous pouvez même en dire des gros.

Vous savez ce qu'il vous dit, l'ancien jeune ?

Quand j'avais dix ans, un vieux avait trente ans.

Quand j'avais trente ans, un vieux avait cinquante ans.

Quand j'ai eu cinquante ans, un vieux avait soixante-dix ans.

Quand est-ce que je vais le rattraper ?

**Ne dites jamais
« J'ai cinquante ans »
mais « 49,99 ».**

Jusqu'à cinquante ans, j'ai toujours dit mon âge. Après, je suis devenu un peu plus flou.

Faut-il dire son âge ?

Oui. Il n'y a pas de honte. C'est pas votre faute si vous êtes vieux.

Il paraît que, si on avoue, on a droit aux circonstances atténuantes.

Si vous avouez votre âge alors que vous paraissez plus jeune, on ne vous regarde plus de la même façon, vous devenez un vieux qui fait jeune.

On traque sur votre personne les traces du temps. Malgré les précautions prises, on trouve. Il y a toujours un détail qui tue : un pli qui tremble sous le menton, une incertitude dans le geste, un poil blanc, une tache brune sur la main...

Quitte à mentir sur votre âge, au lieu de vous rajeunir, vieillissez-vous. Profitez de ce que vous êtes encore un peu jeune pour dire que vous êtes déjà vieux.

Quand vous serez vraiment vieux, ce ne sera plus la peine de le dire.

Ça se verra.

Ne dites jamais
« Je n'ai plus vingt ans »
sauf aux non-voyants.

Il m'a examiné, avec soin, il a écouté mon cœur longuement, il a l'air étonné. Peut-être qu'il n'entend rien. Depuis soixante ans, mon cœur a déjà battu un milliard huit cent quatre-vingt-treize millions quatre cent cinquante-six mille fois. Peut-être qu'il en a eu marre.

Enfin, après un moment de silence qui paraît long, il me dit :

« Rien de particulier, ça suit son cours… »

Je ne lui ai pas demandé :

« Qu'est-ce qui suit son cours ? »

Il a ajouté :

« Vous n'avez plus vingt ans. »

Si je réponds : « Merci de me l'apprendre », il va croire que je me fous de sa gueule.

Je suis à un âge où il faut être poli avec les médecins.

Comme il faut être poli avec les garagistes, quand on a une vieille voiture.

Ma voiture est vieille, elle a mon âge, pourtant elle est encore très belle. J'en suis fier. J'ai toujours sa photo sur moi.

C'est un cabriolet Citroën.

Elle fait du cent à l'heure. Elle est blanc cassé, l'intérieur est en moleskine rouge. Je l'ai depuis plus de trente ans, je l'avais payée mille francs. Quand je me promène avec, tout le monde me regarde.

Elle est en état de marche, moi aussi. Elle a des articulations de suspension neuves, moi j'ai une hanche toute neuve en acier inoxydable.

La mécanique est en bon état, le moteur est d'origine. Mon cerveau aussi est d'origine, c'est peut-être là le point faible. C'est un vieux modèle, abandonné depuis longtemps. Un cerveau à problèmes, bien trop compliqué. Impossible à régler, il n'en fait qu'à sa tête. Il voudrait tout comprendre et il ne comprend plus rien.

Parfois, j'ai l'impression d'avoir du mou dans mon chapeau.

Depuis que j'ai une hanche neuve, je cours comme un lapin, et même, quelquefois, quand je suis poursuivi par des chasseurs, je monte les escaliers du métro deux marches à la fois.

Qu'est-ce qu'on va me changer la prochaine fois ? Si on me donne le choix, j'aimerais bien qu'on me change la tête.

L'intérieur seulement, histoire de me changer les idées.

L'extérieur, j'y suis attaché, et je pense à ceux qui me connaissent, il faut qu'ils puissent me reconnaître.

Comme pour les monuments historiques, on conserverait la façade ancienne mais, derrière, tout serait neuf, moderne et fonctionnel.

Je peindrais tout en blanc, rien sur les murs, très peu de meubles, une grande pièce vide avec beaucoup de rangements, que je m'y retrouve enfin.

Je garderais le strict nécessaire de l'ancien cerveau, je profiterais du déménagement pour jeter les mauvais souvenirs, les adresses des faux amis, les rancunes, les idées fixes, les fausses joies, les angoisses, les tragédies grecques, les mauvais augures et les sinistres corbeaux.

À la place, je mettrais la patience, le calme, la sérénité, la lenteur, des chants grégoriens, des comédies musicales et un pinson, gai.

Comme un pinson.

Tous les soirs, je suis à ses pieds, je la regarde. Je l'admire. Elle est tellement belle que j'ai envie de me mettre à genoux devant.

Parfois, une colombe se pose sur son épaule.

Elle n'est pas coquette, elle ne fait pas d'effort pour être belle, elle ne sait pas qu'elle est belle.

Le dimanche, elle chante en latin.

Elle est discrète. Elle est simple, elle est romane. C'est la petite église de mon village.

Elle est du XIe, moi du XXe.

Elle a neuf cents ans de plus que moi.

La différence d'âge, ça n'empêche pas les sentiments.

On vous a déguisé. Vous avez une jaquette, une lavallière, une chemise à col cassé, un gilet en satin, un chapeau haut de forme, comme dans une pièce de Feydeau. Vous êtes le père de la mariée, un rôle comique. Votre femme tient le rôle tragique, elle pleure.

Vous allez devoir remonter l'allée centrale de l'église avec votre fille au bras. Il y a beaucoup de monde, on vous regarde. Vous avez peur qu'on se foute de votre gueule.

Certainement qu'ils vont tous venir au lunch. Il faut bien compter deux coupes de champagne par personne. En remontant vers l'autel, vous calculez dans votre tête le nombre de bouteilles que ça va vous coûter.

Votre fille est superbe, elle a de vraies roses dans les cheveux, on dirait un Botticelli. Vous êtes fier. En même temps, agacé de savoir que vous allez la donner à un jeune. Il est sympathique mais lourdaud. De la confiture aux cochons.

Qu'est-ce qui lui a pris, à votre fille, de se marier ? Elle n'était pas bien avec vous ?

Votre femme est en larmes, pas vous.

Quoique.

Si les vieux pleurent facilement,
ce n'est pas à cause de leur sensibilité.
Leurs yeux fuient
à cause des Durit encrassées.

« Pourriez-vous m'indiquer ma date de péremption, docteur ? »

Le médecin a refusé.

Par délicatesse ?

Comme l'humidité qui monte du sol et ronge d'abord le bas des murs, la péremption, chez l'homme, atteint d'abord les bas morceaux. Comme la petite bête qui monte, qui monte, elle grignote tout sur son passage, de bas en haut, jusqu'au jour où elle nous croque les couilles.

J'ai des cors aux pieds, les jambes moins lisses à cause des varices, les genoux bien trop mous, les rotules qui reculent et les hanches qui se déhanchent.

Et la tête, alouette ?

Heureusement, la tête tient le coup.

Les fondations des phares de la côte peuvent s'effriter, tant que la lanterne dans le ciel est éclairée, le marin n'est pas perdu.

S'il reste de la lumière là-haut, on n'est pas foutu. On peut continuer à rêver.

En regardant ses cors aux pieds.

Vous savez comment
on s'aperçoit qu'on vieillit ?
Quand on dit :
« Les agents de police
sont de plus en plus jeunes. »

Mon marchand de légumes m'agace, il m'appelle toujours « jeune homme ».

Je prends ça pour un affront. Je ne veux pas rester jeune, ce serait une régression. Je ne veux pas perdre le bénéfice des années passées. Sauf à la course à pied, je crois avoir fait, grâce à elles, quelques progrès.

J'ai l'impression d'être un peu moins con qu'avant.

Avant, je croyais tout ce qu'on me disait. Que la crotte de pigeon faisait pousser la moustache…

Avant, j'adorais Luis Mariano, je préférais Bernard Buffet au Greco et Tchaïkowski à Mozart.

Avant, je n'aimais pas le poisson ni les haricots verts, je préférais les saucisses et les frites.

Avant, je préférais le vin blanc sucré et le Coca-Cola au vieux bordeaux.

Excepté le tour de taille, j'ai l'impression de m'être affiné avec le temps, comme les fromages.

J'ai appris à aimer la simplicité.

Quand j'étais jeune, j'espérais de la vie des choses extraordinaires.

Chaque matin, je scrutais l'horizon. Je guettais

l'arrivée des Tartares. J'attendais avec émotion le facteur. Il m'apportait la lettre qui changerait ma vie.

Chaque fois que le téléphone sonnait, j'imaginais un coup de fil qui me sortirait de l'ordinaire.

Je suis devenu plus raisonnable. Comme le conseille Épicure, je commence à savoir savourer l'ordinaire. Me contenter d'une maison à la campagne plutôt que d'un château en Espagne. M'enchanter de la nature, du chant des oiseaux et du parfum des fleurs.

Regarder le soleil se coucher, et m'étonner chaque matin de le voir à nouveau se lever.

Et laisser les Tartares dans le désert.

J'ai toujours au poignet la montre de ma communion, c'était une montre moderne, maintenant c'est une montre ancienne.

J'ai passé ma jeunesse à la regarder, surtout en classe. Je trouvais que la trotteuse n'allait pas assez vite, la grande aiguille était encore plus lente et je ne parle pas de la petite aiguille, carrément immobile. J'aurais tout donné pour les accélérer, surtout pendant les cours de maths. On m'avait fait croire que si je fixais les aiguilles en pensant très fort, et en répétant « plus vite, plus vite… », elles allaient aller plus vite.

J'ai été exaucé, mais seulement cinquante ans plus tard. Maintenant, je trouve qu'elles vont trop vite et je donnerais tout pour qu'elles ralentissent.

Avant, j'étais impatient de grandir. Alors que j'avais toute la vie devant moi, je voulais tout, tout de suite. Maintenant, je suis beaucoup moins pressé, comme si je pouvais attendre.

Avant, je vidais mon verre très vite, je voulais le finir tout de suite, je croyais qu'il y avait une surprise au fond. Je n'ai rien trouvé.

Avant, je brûlais ma vie, à feu vif. Maintenant, je laisse mijoter, à feu doux.

C'est plus long, mais c'est meilleur.

Épicure a dit :
« Ne craignez pas la mort,
quand elle sera là, vous ne serez plus là. »
Mais la vieillesse, quand elle sera là,
on sera encore là.

On imaginerait mal Gérard Philipe qui jouerait *Le Cid* avec une canne, James Dean en pantoufles, Jésus-Christ avec un déambulateur, Jim Morrison venant chercher son minimum vieillesse…

Quand j'étais jeune, je pensais que je le resterais toujours.

Bien sûr que je mourrais jeune.

Je serais un Bonaparte fiévreux, jamais un Napoléon à bedon.

J'étais un oiseau de passage, sans frontières, ivre de vent et d'absolu.

Je voulais changer le monde. J'aimais les ouvriers, les pauvres et les Noirs.

Je n'avais rien, mais je voulais tout donner.

J'étais un peu communiste.

Mon passage sur terre serait fulgurant, incandescent, celui d'un météore.

Je serais fauché dans la fleur de l'âge. Dieu cueille d'abord ses plus belles fleurs.

Le temps a passé. Je suis toujours là.

La fleur qui n'a pas été cueillie a baissé la tête, de honte.

Mes héros bouillants ont refroidi. Ils sont au musée Grévin, pétrifiés dans de la cire froide.

J'aime moins les ouvriers, ils font trop de bruit avec leurs marteaux-piqueurs, et les Noirs, j'ai pas envie de les avoir comme voisins, ils parlent fort, et puis j'ai peur qu'ils me mangent.

Maintenant que j'ai tout, je ne donnerais rien. L'État m'en pique suffisamment.

Les jeunes d'aujourd'hui m'agacent, ils sont de plus en plus jeunes.

Peut-être que je suis en train de devenir un vieux con.

La nuit, quand j'entends une motocyclette, sans pot d'échappement, qui tourne pleins gaz autour de la place, j'espère secrètement entendre un gros « boum », puis plus rien.

Le silence.

Je ne le dis à personne, on va croire que je n'aime pas les jeunes.

J'ai retrouvé par hasard un vieil ami de classe. Je l'ai invité chez moi. Je voulais le recevoir bien. J'ai choisi tout ce qu'il y avait de mieux.

J'ai sorti le service en vieux Paris, l'argenterie de la grand-mère, des verres en baccarat XVIIIe.

On a dîné aux bougies.

On a commencé par un très vieux porto. Ensuite, un gigot d'agneau à l'ancienne avec un vieux bordeaux. Puis, un vieux sauternes avec un vieux parmesan.

Après, on a écouté un vieil enregistrement d'Armstrong et on a évoqué quelques morts fraîches en dégustant un cognac hors d'âge.

Qui a dit que ce n'était pas bon de vieillir ?

Sur votre nouvel agenda
n'écrivez plus les noms
des amis de votre âge à l'encre
mais au crayon.

Je suis dans un tunnel. Je roule depuis un moment dans le noir. Je n'aime pas beaucoup. Je pense aux lourdes montagnes qui pèsent au-dessus.

La première moitié du tunnel est la moins dure. On n'est pas perdu. On continue à voir dans le rétroviseur la lumière de l'entrée. On pense, même si ce n'est pas vrai, qu'on peut toujours revenir en arrière.

Le pire, c'est quand on arrive au milieu.

Au kilomètre 50 de la vie, on se sent moins à l'aise. Fini de rigoler, on passe aux choses sérieuses. Si ça allait mal pendant la première partie de la route, on pouvait toujours retourner chez sa mère, à la maison. Maman nous attendait, avec un plat de frites.

Après le kilomètre 50, il faut continuer à avancer dans l'inconnu, sans savoir où on va, sans savoir quand c'est la fin. On sait que, si ça va mal, on ne pourra plus revenir à la maison.

Il n'y a plus de maison, il n'y a plus de maman.

La mère et les frites sont froides, les carottes sont cuites et c'est bientôt la fin.

Des haricots.

**Avoir une santé de fer
ça n'empêche pas de rouiller.**

Ma voiture rouille, ma maison se fissure, mes meubles sont rongés par les vers, mes os par l'arthrose, mes vêtements sont troués par les mites. Mes amis sont gros et perdent leurs cheveux. Même le soleil vieillit, il a des taches.

Quelle consolation de voir qu'on n'est pas tout seul, que tout vieillit autour de soi.

Surtout les filles, les très belles, celles qu'on appelait « les bêcheuses ». Celles qui passaient, arrogantes, dans leur Floride décapotée, sans me regarder. Elles ne voulaient pas monter dans ma 2 CV.

Elles pensaient peut-être qu'elles allaient être belles toujours.

Elles sont bien obligées d'être gentilles, maintenant.

Trop tard.

J'ai plus envie d'être gentil.

On peut dire : « Le château est décrépi »
mais ce n'est pas correct de dire :
« La reine est décrépie. »
On doit dire :
« La reine est décrépite. »

« Majesté, vous êtes la plus belle…

– Ta gueule », a dit la reine.

La reine est en pétard contre son miroir.

Depuis des années, il répète la même chose. Il sait bien que ce n'est plus vrai. Il a dû voir qu'elle a vieilli, depuis le temps qu'il réfléchit.

« Majesté, vous êtes la plus belle… »

La reine a brandi un candélabre.

« Tais-toi, je vais faire un malheur.

– Sept ans de malheur, Majesté. »

La reine vieillit. C'est d'autant plus dur pour elle qu'elle était très belle, avant.

Vieillir quand on est moche, c'est moins dur, on s'est habitué. Avec l'âge, ça passe mieux.

« Majesté, vous êtes la plus belle… »

Elle a caché son visage, elle s'est bouché les oreilles, la vieille reine. Elle ne veut plus rien entendre, elle ne veut plus qu'on la voie. Elle pleure de rage.

Elle pense à Blanche-Neige qui devient de plus en plus belle et qui fait du gringue au vieux roi.

Mon garagiste m'agace.

Chaque fois qu'il monte ma traction sur le pont, il pousse des « Ouille, ouille, ouille ! » tragiques. Il s'est mis dans la tête de la couper en deux pour souder un bas de voiture plus récente.

Je ne veux pas.

Je lui ai proposé de souder simplement des tôles pour renforcer le plancher, il m'a dit que ce n'était pas la peine, ça ne durerait pas tout le temps.

Je lui ai répondu :

« Ça tombe bien, moi non plus. »

J'ai ajouté, j'aurais peut-être pas dû :

« Vous non plus… »

Il est devenu tout pâle sous le cambouis, ses épaules se sont affaissées, ses bras avec des outils au bout sont tombés jusqu'à toucher le sol.

Il est parti vers son bureau, à pas lents, comme un somnambule, sonné.

Il venait d'apprendre qu'il n'était pas éternel.

Je suis sûr que, au déjeuner, sa femme l'a trouvé bizarre, il n'a rien mangé, elle lui a demandé :

« Qu'est-ce qui ne va pas, il est pas bon, mon boudin ? »

Il a murmuré :

« C'est pas le boudin, c'est le Parisien…

– Il t'a dit quelque chose de mal ? »

Il n'a pas répondu.

Sa femme s'est fâchée contre moi. Elle a voulu savoir ce que j'avais dit à son mari. J'ai répondu que je ne comprenais pas.

Depuis, il a bien changé, il ne plaisante plus, il est devenu sinistre, il répète tout le temps :

« À quoi bon ? »

Le pire, il ne veut plus s'occuper de ma traction.

La campagne contre le bruit porte ses fruits.

Le matin, j'entends moins le bruit des poubelles qu'on roule dans la rue.

Le bruit de la benne à ordures, les cris des enfants qui vont à l'école sont assourdis.

Les cloches de l'église voisine et ma pendule Napoléon III se sont donné le mot, elles sonnent plus discrètement.

Les jeunes ont enfin compris, ils ont mis des silencieux sur le pot d'échappement de leur motocyclette.

Les journalistes de la radio se sont mis à chuchoter dans le poste, la télévision aussi a baissé le son.

Ma chaîne haute-fidélité a perdu de sa puissance, il faut dire qu'elle est vieille, je suis obligé de monter le volume. Même pour entendre Wagner.

Depuis quelque temps, ma femme parle plus bas, je suis obligé de lui demander de répéter.

Elle a répété, j'ai enfin compris.

Elle disait : « Tu deviens vieux. »

J'ai fait la sourde oreille.

Il vaut mieux être sourd que d'entendre ça.

Vous savez comment
on s'aperçoit qu'on vieillit ?
Quand on dit :
« Les comédiens parlent de moins
en moins fort au théâtre. »

Avant, en me penchant, j'arrivais à toucher le sol avec les mains. Maintenant je ne peux plus.

Ce ne sont quand même pas mes bras qui ont raccourci ?

J'ai de plus en plus de difficultés à cueillir les fraises et à lacer mes souliers.

Je vais remplacer les fraises par des cerises et les souliers par des mocassins.

En attendant les pantoufles…

Vous savez comment
on s'aperçoit qu'on vieillit ?
Quand on dit :
« La terre est
de plus en plus basse. »

À 10 ans, je sautais 1 mètre en hauteur.
À 15 ans, je sautais 1,50 mètre.
Logiquement, à 60 ans, je devrais sauter 6 mètres.

Je regarde mes jambes, avec affection.

Elles sont normalement poilues, elles ne sont pas extraordinaires, mais ce sont les miennes.

En 1960, grâce à elles, j'ai sauté un mètre cinquante en hauteur aux championnats d'athlétisme universitaires, catégorie junior. Après, pour fêter ça, elles ont dansé le boogie-woogie toute la nuit...

Quarante ans plus tard, elles sont toujours à pied d'œuvre. Debout les premières, tous les matins, elles me conduisent où je veux. Quand je suis pressé, elles accélèrent. Elles me supportent. Parfois une crampe, mais très rarement. Elles ne font pas de caprice, peut-être une varice en projet...

Maintenant, elles ne font plus de compétition, ce n'est plus de leur âge. Comme les endives qui poussent dans les caves, elles ont blanchi. C'est normal, elles sont toujours dans le noir, sous un pantalon et sous un bureau. Parfois, l'été, pour leur faire plaisir, je mets un short, je les expose au soleil, et je les laisse gambader.

Comme on faisait avant avec les chevaux de la mine. On les remontait au jour. Qu'ils finissent tranquillement leur existence dans les prés.

Passé un certain âge
utilisez le présent
de préférence au futur
qui n'est pas sûr.

Regardez bien le fauteuil relaxe que vient de vous offrir le comité d'entreprise, il est orientable, avec plein de boutons pour régler sa hauteur, le redresser, le relever. Malgré le velours framboise, il a un petit côté orthopédique. C'est votre dernier cadeau.

À partir de demain, vous allez pouvoir vous relaxer toute la journée. Plus de téléphone, plus de courrier, plus de service de presse, vous allez devoir acheter vos journaux. Plus d'invitations, plus de déjeuners d'affaires, vous allez devoir payer votre repas. Plus de cadeaux de fin d'année, fini les fleurs, les chocolats, les vins fins. Et le pire, fini les sourires.

On ne va plus chercher à vous plaire, on ne vous dira plus que vous êtes le plus beau, le plus intelligent. Quand vous raconterez une histoire drôle, personne ne se forcera plus à rire.

La retraite a sonné.

Le monde va continuer à tourner. Sans vous.

Peut-être même qu'on ne vous dira plus bonjour, qu'on ne s'excusera pas quand on vous bousculera, qu'on vous marchera sur les pieds, comme si vous n'existiez plus…

Et, suprême humiliation : on continuera à vous

donner de l'argent, à condition que vous promettiez de ne plus rien faire.

Regardez la tête de votre jeune adjoint, en train de boire du champagne à votre santé. Vous trouvez qu'il a l'air triste ?

Il est ravi, au contraire. Vous ne pourrez plus lui faire de l'ombre. Déjà, vous n'avez plus d'ombre.

Au moment où vous êtes condamné à la margarine, vous allez compter pour du beurre.

**Rien ne sert de vieillir
il faut partir à point.**

Il faudrait que je me fasse expertiser, mais pas par n'importe qui. Il faut que je trouve un expert spécialisé dans le XXᵉ siècle.

J'en ai trouvé un.

Il m'a d'abord examiné de loin, il a tourné autour de moi, pour voir mon allure. Il a simplement dit : « Milieu du XXᵉ. »

Il connaissait son affaire.

Il m'a demandé de me dégarnir. Il voulait voir si le squelette était solide. Il s'est assis sur moi, j'ai grincé un peu. Il a examiné mes chevilles, il s'est accoudé sur mes bras.

Sur le certificat, il a écrit : « Original du milieu du XXᵉ siècle. »

Je suis rassuré, je ne suis pas une copie.

De toute façon, ça ne vaut pas grand-chose actuellement. Il y en a trop sur le marché.

Dans la vie, il y a deux périodes :
la première, on attend les catastrophes,
la seconde, elles arrivent.

Comme répétait ma grand-mère à la fin de chaque repas : « Faut finir, ce ne sera plus bon demain. » Elle avait raison.

Demain, toutes les mers seront couvertes de scooters des mers.

Demain, il n'y aura plus d'eau fraîche, que de l'eau tiède.

Demain, il n'y aura plus d'œufs frais, les poules ne pondront que des œufs durs, à cause de la canicule.

Demain, il n'y aura plus de silence, que de la musique d'ambiance.

Demain, il n'y aura plus de sentiers, seulement des autoroutes.

Demain, les champs de blé seront remplacés par du maïs à perte de vue.

Demain, Notre-Dame va être transformée en parking.

Demain, il y aura des pages de publicité au milieu des romans.

Demain, à la télévision, il n'y aura plus d'émissions entre les pages de publicité.

Demain, les huîtres seront pasteurisées et mises en berlingots.

Demain, Monsieur Bush aura un fils qui sera président des États-Unis.

Demain, toutes les filles seront vieilles.

Demain, on n'aura plus le droit de se moquer.

Demain, on n'aura plus le droit de fumer, de boire, de rire.

Demain, on n'aura même plus le droit de mourir comme on a envie.

Nous allons l'échapper belle.

Tant qu'il y a de la vie
il y a du désespoir.

Pour mon anniversaire, on m'a offert une très vieille bouteille de château-margaux. Elle date de l'année de ma naissance.

Je la regarde souvent, mais je n'ose pas l'ouvrir, comme je n'oserais pas déshabiller une très vieille femme.

J'attends l'occasion.

Est-ce qu'elle est encore bonne ?

En même temps, je me dis que si j'attends trop longtemps, ce ne sera plus moi qui la boirai. On la boira à ma santé. Je veux dire, à ma mémoire.

Un jour, je me décide à l'ouvrir.

Je la transvase dans une carafe pour la décanter. Je verse délicatement dans un verre très fin, en cristal, et je lève mon verre, je fais tourner le vin dans la lumière, la robe est belle, je dis : « La robe est belle. »

Je veux savoir ce qu'il y a sous la robe, je goûte.

Je me précipite dans la cuisine, je vide la bouteille dans l'évier.

À partir de quel âge devient-on imbuvable ?

Si vous voulez laisser un bon souvenir,
attention à ne pas mourir trop vieux.

Un vieux dans une maison de retraite, c'est un peu comme une voiture de collection dans un garage. La différence, c'est que, avec le temps, la voiture de collection prend de la valeur.

On le sort au printemps. On l'astique, on fait briller ses chaussures. On le fait beau, comme pour un concours d'élégance.

On le promène lentement, avec précaution, à petits pas dans les allées du parc. On s'arrête souvent devant les massifs pour admirer les fleurs, même quand il n'y en a plus. Il ne s'agit pas de faire chauffer le moteur. On a toujours peur qu'il tombe en panne. Il n'y a pas de pièces de rechange, on ne fait plus le modèle depuis longtemps.

On le rentre quand il tousse.

Moi, j'aurai pas envie de rentrer.

J'enclencherai ma marche arrière et je mettrai mon frein à main.

Ils pourront toujours essayer de me pousser.

Ils devront se mettre à plusieurs pour me faire rentrer.

Conseils pour plaire malgré tout

Avoir le sourire aux lèvres et une fleur à la bouton-nière.

S'habiller avec des tissus doux, velours, tweed, cachemire. Qu'on ait envie de vous caresser.

Pour ne pas sentir le vieux, retirer de vos poches les boules de naphtaline et mettre un peu de parfum dis-tingué. Qu'on ait envie de vous respirer.

Ne pas porter des couleurs trop vives, mais les teintes de votre saison, l'automne.

Manger des haricots fins pour rester extrafin.

Être désinvolte, léger, jamais pesant.

Comme les éléphants pour traverser le lac gelé, marcher sur la pointe des pieds. Gambader sur tout pour ne pas s'enfoncer.

Ne pas parler comme un livre, ne pas devenir grave et sentencieux, rester malicieux, se moquer de soi et de tout. Etre pessimiste et gai.

Savoir dire des bêtises.

Cultiver l'inutile et les roses, la dérision et les poti-rons.

Apprendre par cœur des poésies pour pouvoir les dire sans lunettes et dans le noir.

Rester curieux et ambitieux.

Ne pas se plaindre, le matin, d'avoir mal partout. Penser que les petites douleurs, ça tient compagnie, ça occupe l'esprit, on s'en fait des amies. Et quand on n'en a plus, on s'ennuie.

Rappelez-vous que, « passé cinquante ans, si on se réveille sans avoir mal nulle part, c'est qu'on est mort » partout.

J'ai revu l'institution Saint-Joseph à Arras, où j'ai fait mes douloureuses études.

J'ai été revoir la station régionale de la télévision à Lille, où j'ai fait mes débuts professionnels.

Ce sont les gens, surtout, que j'adore revoir, les contemporains de ma jeunesse. On évoque des souvenirs, je fais semblant de m'intéresser, on me donne des nouvelles de personnes dont je ne me souviens plus. J'apprends des décès qui me laissent froid.

Tout le monde se dit : « Il est devenu sympathique, Fournier, en vieillissant. Maintenant il s'intéresse aux autres. »

S'ils savaient pourquoi je me préoccupe d'eux, ils me trouveraient moins sympathique.

J'aime les observer, voir le travail du temps, constater les dégâts, mesurer l'ampleur du désastre.

Voir les visages se noyer dans la graisse.

Voir les nez violets où la couperose commence à dessiner la carte du vignoble français.

Voir les mentons pointer, les yeux s'enfoncer.

Imaginer les têtes de mort.

Sous les caricatures, essayer de reconnaître les originaux.

Pouvoir dire : « Ils ont pris un coup de vieux. »

Un coup de vieux,
ce n'est pas un coup que donne un vieux.
C'est un coup qu'il reçoit.

Dans le métro, une jeune fille de vingt ans est assise, charmante, distinguée. J'ai l'impression qu'elle me regarde furtivement.

Je me tiens à la barre chromée devant elle.

Peut-être qu'elle me trouve élégant ?

J'ai un manteau noir et une belle écharpe écossaise. Le matin, je me suis lavé les cheveux, ils sont longs et mousseux. Elle me trouve peut-être une tête d'artiste, de musicien.

J'ai pris un air inspiré, je me suis mis à pianoter distraitement sur la barre chromée, comme sur une contrebasse.

Peut-être a-t-elle un père ordinaire dont elle aimerait changer et elle se dit, avec nostalgie : « C'est un père comme ça que j'aimerais avoir » ?

Non, c'est bien mieux, elle pense aux jeunes qu'elle fréquente, souvent incultes. Elle veut mieux, elle mérite mieux. Elle rêve d'un type qui lui apprenne des choses, qui lui ouvre les portes de la culture. Question culture, j'en connais un rayon, je peux lui citer, dans l'ordre alphabétique, dix pianistes classiques et dix peintres dont le nom commence par un B.

Soudain elle se lève, elle vient vers moi, elle me sourit. Elle est encore plus belle, je suis bouleversé.

Comment va-t-elle s'y prendre pour me dire que je l'intéresse ?

Elle dit :

« Voulez-vous vous asseoir, monsieur ? »

J'encaisse le coup.

J'accepte l'offre, je remercie et je m'assois.

Elle m'a pris pour un vieux, je vais la prendre pour une petite morveuse.

Je lui propose une place assise.

Sur mes genoux.

Les dix pianistes dont le nom commence par un B étaient, dans l'ordre alphabétique :

Paul Badura-Skoda, Jean-Joël Barbier, Pierre Barbizet, Daniel Barenboïm, Arturo Benedetti, Michel Béroff, Stephen Bishop Kovacevitch, Whilhem Blackhaus, Jorge Bolet, Alfred Brendel.

Les dix peintres étaient :

Balthus, Bellini, Blake, Bonnard, Bosch, Botticelli, Boucher, Boudin, Braque, Breughel.

Tant pis pour elle…

Le dictionnaire est rempli de vieux, tellement vieux qu'ils sont morts.

À la lettre H, il a vu Victor Hugo.

À la lettre M, Michel-Ange.

À la lettre V, Verdi.

Tous avec des barbes blanches.

Pour faire des grandes œuvres, il faut être vieux. Un jeune ne fait que des œuvres de jeunesse.

Rembrandt, enfant, à la maternelle faisait la ronde. *La Ronde de nuit*, il l'a faite beaucoup plus tard.

Rodin, petit, ne faisait que des bonshommes de neige, il s'est mis au bronze plus tard.

Le petit Beethoven a joué d'abord *Au clair de la lune* et, seulement après, la *Sonate au clair de lune*.

« Vivement que je vieillisse », pense le jeune artiste.

Quand on veut faire artiste, on dort mal, des tonnerres d'applaudissements vous réveillent la nuit.

On sera grand acteur, grand chanteur, grand écrivain, grand metteur en scène, enfin grand quelque chose.

À vingt ans, on a envie de faire plein de choses.

À trente, on pense qu'on devrait s'y mettre.

À quarante, on s'aperçoit que ce n'est pas si simple.

À cinquante, on devient très discret.

On continue à avoir beaucoup de projets, une extraordinaire idée de best-seller qui fera un grand film... On ne dit rien de plus, on laisse seulement entendre que ce sera grand.

On reste celui dont on dit : « Le jour où il fera quelque chose, ça va faire mal... »

Ça dure. Jusqu'au jour où...

Un jour, on ne dit plus : « Vous allez voir quand il fera quelque chose... » Mais : « Vous croyez qu'il va finir par faire quelque chose... ? »

Vous commencez à avoir peur. Vous êtes atteint du syndrome de l'artiste maudit. Vous devenez très dur avec ceux qui font des choses. Il est temps de disparaître.

De ceux qui ont fait des choses, on pourra toujours dire : « Ils n'ont pas fait que des chefs-d'œuvre. »

Vous, vous quittez la terre indemne.

Vous partez avec le bénéfice du doute.

Vous savez comment
on s'aperçoit qu'on vieillit ?
Quand on dit :
« Les marches d'escalier
sont de plus en plus hautes. »

Quand on est petit, on adore les toboggans.

Comme les marches sont trop hautes, on n'est pas capable d'atteindre le haut du toboggan tout seul, on pleure pour qu'on nous y monte.

Quand on est là-haut, on est au ciel, près du bonheur. On regarde la grande rampe en bois ciré ou en métal brillant. On a un peu peur, mais il y a papa et maman qui nous attendent en bas. On imagine la descente et, surtout, l'arrivée, dans le sable ou dans l'eau.

Après, on pleure, pour qu'on nous y remonte tout de suite.

Quand on grandit, on monte tout seul en haut du toboggan, on descend des centaines de fois, sans lassitude.

Cinquante ans plus tard, je suis arrivé en haut du toboggan, beaucoup plus haut, celui-là. Cette fois, j'ai plus trop envie de me laisser glisser. J'aime mieux ne pas imaginer la descente. J'ai la trouille de partir les pieds devant.

Je ne devrais pas. Peut-être que mes parents, descendus avant moi, m'attendent en bas.

Y a-t-il une vie après la mort ?
Ce qui est sûr
c'est qu'il y a une mort après la vie.

C'était à Arras, une librairie, une séance de dédi-caces. Une dame grise, indatable, rôde depuis un moment autour de mes livres. Je fais semblant de ne pas l'avoir remarquée. Quand le poisson tourne autour de l'appât, il ne faut pas bouger, sinon il s'effraie et part.

Cette fois-ci, le poisson n'est pas parti, il m'a même adressé la parole :

« Bonjour, Jean-Louis, tu te souviens de moi ? »

Elle a dit ça avec un petit ton sucré.

Je regarde la dame avec plus d'attention, je fais semblant de chercher, je ne trouve rien. Je lui dis :

« Pardonnez-moi, non, madame. »

Elle me cite les noms de quelques-uns de mes amis de l'époque, elle a de la mémoire. Enfin, après avoir évoqué des anecdotes, elle tente le tout pour le tout :

« Tu donnes ta langue au chat ? »

Et sans attendre, avec la voix alléchante d'un maî-tre d'hôtel qui annonce les desserts, elle susurre :

« Alice. »

Elle n'a vraiment pas une tête à s'appeler Alice.

Elle aurait dit Germaine, Berthe ou Geneviève, je l'aurais crue, mais pas Alice, surtout pas Alice.

Alice, c'était le prénom d'une charmante gamine qui avait illuminé ma jeunesse, il y a au moins quarante ans. Qu'est-ce qu'elle me raconte là ?

D'abord, Alice était blonde et rayonnante, elle riait toujours. La dame que j'ai devant moi est sinistre et grise.

Alice est rangée dans mes souvenirs, pimpante, à côté de mon premier vélo, de mon premier costume, de mon premier stylo. Faut pas y toucher.

Elle n'a pas le droit de toucher à Alice. Elle ment. Ou bien elle est vraiment Alice, et c'est encore pire.

Elle me demande de lui dédicacer plusieurs livres. Je les dédicace « à Madame… », avec son nom de femme mariée. Je ne peux pas les dédicacer à Alice.

Pour me dégourdir les jambes, je fais quelques pas dans la librairie.

Je tombe devant une affiche avec une photo. Celle d'un écrivain gris, à l'œil triste. Ce n'est pas un perdreau du jour. Il a bien soixante ans.

Je lis son nom.

Il s'appelle Jean-Louis Fournier.

**Ne vous penchez pas trop
sur votre passé,
vous n'allez pas réussir à vous relever.**

J'ai toujours eu, au-dessus de la tête, une mèche de cheveux qui refusait d'aller dans le sens des autres. On appelle ça un épi. Il était à contresens, comme moi.

C'était la mèche d'un pétard. L'explosion n'était jamais loin.

Rien ni personne n'a jamais réussi à le faire courber. Même pas le coiffeur avec sa gomina. Il finissait toujours par se redresser. En Mai 68, il était de toutes les manifs, au premier rang.

Cinquante ans après, le béret du pensionnat, le chapeau scout, le calot du service militaire, le casque lourd et les différentes casquettes que j'ai dû porter ont eu raison de mon épi.

Sans doute aussi que l'eau qui bouillait dans ma tête s'est refroidie et que je n'ai plus que de l'eau tiède. Le feu que j'avais à l'intérieur a dû s'éteindre. C'est peut-être pour ça que j'ai les cheveux gris, comme la cendre ?

Mon épi s'est finalement écrasé. Il est rentré dans le rang, comme moi. Il s'est incliné, il ne se redresse plus.

Il n'y a pas que lui.

Plus bas, le petit oiseau fringant qui cherchait à s'échapper de la poche de mon kangourou s'est calmé.

Il ne semble plus prêt pour de nouvelles aventures.

Il est devenu sédentaire, le petit rossignol.

Oxymore :
association de deux mots
de sens contraire.
Exemples :
« douce vieillesse »
« vieux beau ».

Il a teint ses cheveux en noir corbeau.
Il s'est fait bronzer.
Il a mis un jean avec des trous.
Il porte une chemisette rose à carreaux.
Il a un petit blouson en cuir noir.
Il a des baskets fluo.
Il circule à trottinette.
Il fait : « Whaou ! »

Il fait encore plus vieux, le vieux qui veut faire jeune.

Mon coiffeur m'a proposé une teinture, je lui ai dit qu'il aille se faire foutre.

Je ne veux pas être corbeau, je préfère rester héron cendré.

Maintenant que mes cheveux noirs se sont tirés, j'ai peur que ce soient les gris qui partent. Avant les blancs…

C'est normal, chez les vieux tout part : les dents, les cheveux, la mémoire, les illusions.

Le coiffeur m'a proposé une coupe moderne, il veut me couper les cheveux très courts, pour faire jeune.

J'ai accepté, avec une légère inquiétude.

Est-ce qu'ils vont avoir le temps de repousser ?

Lu dans le journal :

« H. 61 ans en paraissant 42, ancien P.-D.G., yeux bleus, sportif et dynamique, grand, on me dit que je ressemble à Cary Grant, affectueux, non fumeur, cherche J.F., la trentaine, pour soirées coin du feu et folles escapades au bout du monde. »

C'est con d'être obligé de passer une petite annonce pour rencontrer une fille quand on ressemble à Cary Grant.

Vous savez comment
on s'aperçoit qu'on vieillit ?
Quand on dit :
« Je ne me suis jamais senti aussi jeune. »

Vous n'allez pas pouvoir le cacher, tout le monde va le savoir, c'est écrit dans le journal. En plus, pour ceux qui n'auraient pas lu le journal, il y a des faire-part avec une cigogne.

Le coup est dur. Vous ne pensiez pas que ça arriverait si tôt. Le mal est fait, il s'appelle Thibaut, il est rougeaud et il pleure la nuit.

Vous êtes grand-père depuis ce matin.

Tout le monde va vous appeler papy.

N'acceptez jamais
un bonbon d'un inconnu.
Vous avez peut-être affaire
à un gérontophile.

Un couple de gris, sous une tonnelle fleurie, vous sourit. Elle a des yeux bleus rieurs, un sourire malicieux, des cheveux gris-bleu avec plein de petites bouclettes, sa peau est fine et son twin-set en cachemire. Lui a l'air d'un explorateur, ses cheveux gris sont drus et taillés en brosse, il a une chemise écossaise. Ils sont beaux. On peut être encore beau quand on est vieux.

Ils vous regardent tous les deux, ils semblent vouloir vous inviter à les rejoindre, comme s'ils avaient quelque chose à vous dire, un cadeau à vous remettre, une surprise...

Au dos de la photo, ils vous promettent, pour une somme très raisonnable, le transport du corps, la mise en bière, l'organisation de la cérémonie, au choix la crémation, l'incinération ou l'inhumation, sans supplément. Votre famille, tout à sa joie, n'aura à s'occuper de rien.

Pourquoi cette pub funèbre, à vous, déjà ?

Ce n'est pas une erreur. Sur l'enveloppe, il y a écrit votre nom, en caractères gothiques. Comme sur les tombes.

Renvoyez à l'expéditeur avec la mention : « Trop tard, destinataire décédé. »

**N'allez plus aux enterrements de vos amis,
vous allez vous faire repérer.**

Pardon de vous le rappeler, mais vous êtes biodégradable.

Certains, sous prétexte de congélateur et de coffre-fort pleins à craquer, ont tendance à l'oublier. Ils ont de quoi vivre éternellement, ils pensent qu'ils ne vont pas mourir définitivement.

Biodégradable, ça veut dire : « Qui a une aptitude à être dégradé par des organismes vivants. »

Après la mort, votre dépouille va être dévorée par des organismes vivants qui doivent être les hyènes de l'au-delà. Elles ne vont rien laisser, même pas un petit os pour votre chat.

Pulvis es et in pulverem reverteris. Tu es de la poussière et tu retourneras à la poussière.

Un grand coup de balai, et plus rien.

Place aux suivants, place aux vivants.

Quel gâchis.

Quand je pense au temps passé sur les stades à me faire des muscles, quand je pense à toutes les vitamines que j'ai ingurgitées, aux cuillères d'huile de foie de morue, aux verres de lait pour avoir des os solides, aux épinards pour avoir une santé de fer…

Quand je pense à ma tête et à tout ce qu'il y avait

dedans. Tout va disparaître aussi. Tout ce que je savais, tout ce que j'ai appris par cœur : la liste des départements français par ordre alphabétique, la table de multiplication, *Oceano Nox* de Victor Hugo, des passages entiers du *Misanthrope*, des poèmes de Verlaine, les premières chansons de Jacques Brel, les dernières symphonies de Mozart… J'en savais des choses, je pouvais même expliquer le fonctionnement du moteur à explosion.

Au moment où je commençais à avoir des choses intéressantes à dire, je vais devoir la fermer à jamais.

Quel gâchis, tout ça ne servira plus à personne.

À moins que les crânes des morts soient comme les coquillages dans lesquels on peut encore entendre le bruit de la mer ?

L'idée de partir seul m'a toujours chagriné.

Penser que les autres restent, qu'ils vont continuer à rigoler sans moi, m'est insupportable.

Bonne nouvelle, c'est bientôt la fin du monde. On va partir tous ensemble. Ce sera plus gai.

Attention, on ne part pas pour un week-end. Il va falloir bien choisir ses compagnons de voyage.

Sinon, ça va être mortel.

À la tête de mon lit, le papier peint est décoloré, ma tête a laissé une trace sur le mur.

D'autres traces ?

Je me retourne, je regarde derrière moi, qu'est-ce que je vois ?

Quelques livres impertinents. Des gamins vont apprendre la conjugaison des verbes du premier groupe avec le verbe péter. Ce jour-là, la grammaire sera plus marrante.

D'autres traces ?

Je me retourne, je regarde derrière moi, qu'est-ce que je vois ?

Des bobines de films, tellement rouillées qu'on n'arrive plus à les ouvrir, c'est peut-être mieux. J'ai fait beaucoup d'émissions de télévision, certaines en noir et blanc.

Il y a aussi des cassettes VHS, des documentaires sur la peinture, *La Minute nécessaire de Monsieur Cyclopède* avec Pierre Desproges qui ne vieillit pas, et *La Noiraude*.

Est-ce que je vais laisser des traces ?

Je regarde devant moi le mur de ma chambre, il est tout blanc.

Si je dessinais dessus un grand mammouth ?

Que les jeunes veuillent se reproduire, c'est de leur âge, on ne peut pas leur en vouloir, ils aiment ça et ils ne réfléchissent pas.

Mais que les vieux, qui ont l'âge de raison, s'y remettent aussi, c'est moins pardonnable.

Sans doute pensent-ils que ça va les rajeunir ?

Ou alors, avant de partir, ils ont envie de laisser des traces fraîches.

Pourtant l'enfant de vieux n'est pas très frais.

Il est pâlot et triste, blafard et verdâtre, malingre et anémique, souffreteux et chétif, chlorotique comme une salade poussée en cave, et souvent crétin.

L'enfant de vieux est habillé en noir, parce qu'il est souvent en deuil. Il perd ses êtres chers et ses réunions de famille se font au cimetière.

L'enfant de vieux est souvent la risée de ses camarades. Ils pensent qu'il n'a pas de père, seulement un grand-père.

L'enfant de vieux ne fait pas de vélo, il joue au mikado avec son père.

Quand son père attrape son parkinson, il remplace le mikado par les dominos.

Après la mort du père, il ne joue plus aux osselets. Par respect.

Avec le youpala
l'homme fait ses premiers pas,
avec le déambulateur
ses derniers pas,
entre les deux
il court à sa perte.

Maintenant que vous aimez moins bouger, maintenant que vous ne dormez bien que dans votre propre lit, maintenant que vous n'avez plus besoin ni envie d'aller nulle part, vous pouvez aller partout pour presque rien.

Vous avez droit à une carte de réduction.

C'est votre dernière carte.

La SNCF lui a donné un nom latin, elle l'a appelée « carte Senior ».

Trouillarde, elle n'a pas osé l'appeler « carte Vieux ».

Et un peu sadique, elle exige, sans doute pour mesurer l'étendue des dégâts, collée en évidence sur la carte, une photographie de vous, récente.

Mes chaussures commencent à être fatiguées, comme moi.

Il va falloir en changer.

Le marchand de chaussures m'a proposé son dernier modèle, une paire de bottines en peau de caribou. Il assure qu'elles sont faites pour durer cent ans. J'ai dit pas moi.

Je n'ai plus beaucoup de chemin à parcourir et je n'ai pas envie que mes chaussures me survivent.

De toute façon, je n'ai pas besoin d'une paire, j'ai déjà un pied dans la tombe.

Comme les aéronautes qui jettent par-dessus bord des sacs de lest pour s'élever, peut-être avez-vous envie, avant de décoller, de vous délester de vos biens terrestres. Si vous n'êtes pas assez généreux pour donner, vendez.

Ne vendez jamais votre maison en viager à quelqu'un que vous aimez bien. Vous pourriez avoir envie de lui faire plaisir. Mais attention, sachez que quand il entrera dans votre maison avec ses meubles, vous ne serez plus là pour l'accueillir.

L'antiquaire a examiné mon guéridon, il l'a retourné, il a appuyé sur les pieds. Je lui ai dit :

« Il est d'époque, je l'ai toujours connu chez moi, il était déjà là quand j'étais tout petit.

– Je vois bien qu'il est vieux », a dit l'antiquaire.

Et il a ajouté :

« Ce n'est pas parce qu'il est vieux qu'il a de la valeur. »

Il a vu ma tête, alors, peut-être pour se faire pardonner, il a ajouté :

« Ce n'est pas pour vous que je dis ça. »

J'avais compris. Je suis vieux, ça se voit, et certainement je ne vaux rien.

J'ai repris mon guéridon sans rien dire et je suis sorti, accablé.

Dehors, il pleuvait.

Si même les antiquaires n'aiment plus ce qui est vieux…

Certains pensent que, tandis que les jeunes grandissent, les vieux rapetissent. On dit qu'ils se tassent. On parle de « petits vieux ».

Avant, à la visite médicale, quand j'étais petit, on me passait sous la toise pour savoir si j'avais grandi. Pourquoi le docteur ne le fait plus, maintenant ? Par délicatesse ?

C'est vrai, j'ai fini de grandir. De là à penser que je diminue…

Je m'en tiens à ce qui est écrit sur ma carte d'identité : je mesure un mètre soixante-dix-neuf.

Et puis, quelle importance, je serai plus grand mort que vivant.

Je me souviens du premier emprunt que j'ai fait à une banque. J'avais vingt-cinq ans et toutes mes dents. C'était pour acheter une petite maison de campagne. J'ai demandé un prêt de 20 000 francs, sur dix ans.

Quand on m'a fait signer le contrat, j'ai lu la date de la dernière échéance. J'ai tout de suite pensé que je ne rembourserais jamais. J'ai toujours cru que j'allais mourir demain.

J'ai été tenté d'avertir le banquier, par honnêteté.

J'ai signé sans rien dire, par lâcheté.

Je ne suis pas mort le lendemain. Pendant dix ans, j'ai remboursé. J'ai compris depuis qu'on ne mourait qu'après avoir payé ses dettes.

C'est le crépuscule des vieux, bientôt la nuit. C'est beau. Il y a plein d'étoiles dedans.

Parmi elles, peut-être une étoile morte ?

Comment la reconnaître ?

Les étoiles, même mortes, continuent leur course, pleins phares, comme si de rien n'était.

Quand ils sont morts, les hommes roulent tous feux éteints.

Ils n'éclairent plus la nuit.

Sauf les génies.

Mozart, mort en 1791, continue de briller.

Avec sa petite musique, de nuit.

Essayez d'émouvoir votre entourage avec votre fin prochaine.

Essayez de dire, sans rire : « J'ai un pied dans la tombe… », « C'est peut-être mon dernier été… », « Je n'en ai plus pour longtemps… », « Bientôt, je ne serai plus là… », « Ça se rapproche… »

Quand vous avez convaincu votre famille que vous êtes sur le départ, n'hésitez pas à devenir très exigeant. Demandez une Bentley avec un chauffeur, un tour du monde, une papy-sitter suédoise, un palais italien à Venise…

Dites que ce sont vos dernières volontés.

Chaque soir, avant de vous coucher, dites, pour l'ambiance : « Un jour de moins vers la tombe… »

Chaque matin, ne répétez pas : « Salut, ô mon dernier matin. » Vous allez décevoir, à la longue. C'est une phrase qu'on ne dit qu'une fois. Réservez-la pour le grand jour.

Mon chat est gris, comme moi.

Mon chat a des rhumatismes, comme moi.

Mon chat est vieux, comme moi.

Si on convertit ses années de chat en années d'homme, on a le même âge.

Lequel de nous deux va mourir le premier ? C'est la surprise.

Je préférerais que ce soit moi.

Mais qu'est-ce qu'il fera sans moi ?

Il y aura toujours quelqu'un pour le nourrir, mais qui va lui gratouiller le cou, juste à l'endroit où il faut et que je suis le seul à connaître ?

On pourrait mourir ensemble, mais ça ferait un grand vide pour ma femme.

J'en ai marre des chats biodégradables, on ne peut pas compter sur eux, ils finissent toujours par vous abandonner.

Mon prochain chat sera en bronze ou en pierre.

Après le 15 août, le temps change, on sent la fin de l'été.

Après le 15 août, les araignées rentrent à la maison.

Après le 15 août, les ombres s'allongent.

Après le 15 août, les hirondelles se réunissent pour préparer leur plan de vol.

Après le 15 août, rien n'est plus pareil. Les derniers beaux jours ont le goût exquis d'un sursis.

Après soixante automnes, on devrait voir son notaire pour préparer son plan de vol.

Vieillir s'écrit avec deux ailes.

Derniers conseils avant de s'envoler

Ne marchez pas courbé sous le poids des années.

Ne regardez pas vos pieds. Jusqu'au bout, gardez la tête en l'air.

Restez majuscule et droit comme un I, pas minuscule et tassé comme un vieux C.

Restez irrespectueux, scandaleux, pas comme il faut.

Restez curieux même si vous n'avez plus vos yeux.

Ne mâchez pas vos mots, soyez insolent.

Restez mordant même si vous n'avez plus vos dents.

Refusez les honneurs et la Légion d'honneur.

Allez au casino, jouez votre magot et perdez tous vos sous.

C'est bientôt fini, profitez-en, devenez à tout moment un contrevenant.

Faites ce qui est interdit, devenez bandit, buvez du whisky, fumez comme un pompier.

Gaspillez votre capital santé, maltraitez votre médecin traitant. Jouez à la roulette russe.

Ne vous avouez vaincu qu'à la fin, quand vous

aurez vraiment perdu. Videz votre verre avant de partir, fumez une dernière cigarette pour enfumer les survivants.

Mourez debout. Refusez de vous faire bander les yeux. Regardez dans les yeux les sales cons du peloton d'exécution.

Faites un baroud d'honneur.

Finissez en beauté.

Remplacez les prières par des primevères.

Terminez par un allegro finale.

Et, dernier scandale, refusez les funérailles nationales.

**Mourir idiot,
c'est mourir en pire.**

Ce que je n'aime pas, dans la mort, c'est que ce n'est pas le principal intéressé qui décide de la date.

Quand on me dira : « Meurs », je ne sais pas si j'aurai envie d'obéir.

Je n'aime pas qu'on me commande. Toute ma vie, je n'ai jamais aimé obéir. Alors, encore une fois et pour le principe, je n'obéirai pas tout de suite.

Quand je vais sentir venir mon dernier soupir, je vais inspirer très longuement, très profondément, et je vais retenir ma respiration le plus longtemps possible. À la piscine, je tenais trois minutes.

Après, et seulement après, j'expirerai sans faire d'histoires.

J'ai donné mon corps à la science.
Elle l'a refusé.

Quand vous entendrez le docteur à votre chevet dire : « C'est la fin », essayez, malgré votre état, de faire rire une dernière fois.

Ajoutez : « Des haricots. »

Ma voiture.

Du même auteur :

Aux Éditions Anne Carrière

Les Mots des riches, les mots des pauvres (2004)

Aux éditions Payot & Rivages

Grammaire française et impertinente (1992)
Arithmétique appliquée et impertinente (1993)
Le Pense-Bêtes de saint François d'Assise (1994)
La Peinture à l'huile et au vinaigre (1994)
Sciences naturelles et impertinentes (1996)
Je vais t'apprendre la politesse, p'tit con (1998)
Roulez jeunesse (2000)

Aux éditions Stock

Il a jamais tué personne, mon papa (1999)
La Noiraude, Encore la Noiraude,
Pas folle la Noiraude (1999-2001)
J'irai pas en enfer (2001)
Le Petit Meaulnes (2003)
Antivol, l'oiseau qui a le vertige (2003)
Satané Dieu (2005)

Chez d'autres éditeurs

Le Curriculum vitae de Dieu (Seuil, 1995)
Le Pain des Français (Seuil, 1996)
Mouchons nos morveux (Lattès, 2002)

Composition réalisée par FACOMPO (Lisieux)

Achevé d'imprimer en avril 2007 en Espagne par
LIBERDUPLEX
Sant Llorenç d'Hortons (08791)
Dépôt légal 1ʳᵉ publication : mai 2007
N° d'éditeur : 85542
LIBRAIRIE GÉNÉRALE FRANÇAISE
31, rue de Fleurus – 75278 Paris Cedex 06

31/1841/1